Quem disse que o sim e o não se excluem?
Quem disse que o corpo é refratário a Deus,
Quem disse que a história é estática,
Quem disse que a morte mata,
Quando se cavalga o mito em pelo?

Murilo Mendes,
"Lida de Góngora", *Tempo espanhol*

Devo ter escrito em algum lugar, não me lembro exatamente onde, algo como "as cidades são definidas pela história de suas músicas". Mais profunda e misteriosamente: afirmo aqui que sempre fica faltando algo em cidades que não inventam um estilo musical para chamar de seu, e que seja assim identificado e cultuado no resto do mundo, como presente para a humanidade. Reconheço: é uma versão alegre, talvez otimista ou ingênua, da aventura humana/urbana, mas que gostava — e ainda me esforço em gostar — de defender. Por isso confesso meu grande desconforto ao ler, fechando o primeiro parágrafo de *O senhor do lado esquerdo*, a seguinte afirmação categórica, escrita com certeza trágica: "o que define uma cidade é a história dos seus crimes". Foi esse encontro com o anúncio de uma visão de mundo aparentemente tão diferente da minha que me fez tomar coragem e mergulhar na leitura. Nunca mais fui a mesma pessoa.

Até então, o Rio de Janeiro — onde moro há mais de quatro décadas — era sobretudo a cidade que tinha criado sua própria maneira de produzir samba, funk e outras bossas. Depois da interferência emocional/intelectual deste Compêndio Mítico, seu território urbano passou a enviar outras coordenadas de orientação para meu GPS cognitivo particular. Não atravesso

mais o Aterro do Flamengo sem imaginar a trajetória das flechas que mataram Francisco da Costa, no mangue do delta do rio Carioca, em 1567, segundo *A primeira história do mundo*. Nem observo a rua da Carioca de alguma janela do Museu Sacro Franciscano sem temer o, ou ansiar pelo, reaparecimento de Ângela Pacheca ou Leonor Rabelo, gente que conheci em *A biblioteca elementar*. Passei a andar pela cidade bem mais alerta. Viver aqui ficou bem mais perigoso.

O Compêndio Mítico conta a história do Rio de Janeiro em cinco livros, um para cada século desde a fundação da cidade, cada um girando em torno da investigação de um crime, ou de uma sequência de crimes. Não crimes "vulgares", ou praticados por "criminosos incaracterísticos, previsíveis, triviais". Na abertura de *O senhor do lado esquerdo*, aprendemos que só interessam os "crimes fundadores", "necessários", ou "antecedentes", aqueles que "seriam inconcebíveis, que nunca poderiam ter existido a não ser na cidade a que pertencem". O Rio ganha, assim, seu mais cruel diagnóstico, sua mais sincera homenagem literária e, ao mesmo tempo, entusiasmada/amorosa "mitificação".

Em vários momentos, quem narra este nosso Compêndio Mítico convida quem lê para um estranho exercício, ou jogo. Classifica, em *A primeira história do mundo*, sua obra de "projeto absurdo", uma "série" ou — como prefere — "sistema", que afirma poder ser lido em qualquer ordem, ou mesmo — como indica em *A hipótese humana* — poder ser objeto de "leitura aleatória". Parte da "graça do jogo literário", ou desse jogo literário específico ali proposto, é uma conversa e um atrito constantes entre quem narra e quem lê, abrindo muitas possibilidades de leituras diferentes. Como quem cuida da narrativa em *A biblioteca elementar*, seguindo "a ciência e o legado das ciganas quiromantes do Rio de Janeiro", que sabiam prever o futuro — ou melhor, seguindo a tradição carioca, modificar o futuro — lendo as linhas das palmas das mãos: "não é o livro que importa — mas a leitura".

*O senhor do lado esquerdo* (SLE), o título da pentalogia com mais edições estrangeiras, em armênio.

Aceito o convite: vou entrar no jogo com minha própria investigação, escolhida também aleatoriamente. Não, não vou buscar outras soluções para os crimes nem tentar modificar o futuro do Rio de Janeiro. Meu objetivo é outro, paralelo: quero descobrir a identidade de quem narra, e quais seus objetivos ao criar essas narrativas e novos/antigos mitos, culpados por transformar de forma tão temerária, e sem volta, a relação que mantenho com a cidade onde vivo, de certa inocência musical para uma consciência trágica do "meu lugar" (como canta Arlindo Cruz naquela linda exaltação do bairro carioca Madureira).

Quem narra — tudo está em aberto: também quero investigar qual é seu gênero, ou mesmo se é uma única pessoa — algumas vezes insinua que esses cinco livros, essas cinco peças no seu sistema, contêm também elementos autobiográficos. Em *O senhor do lado esquerdo* — que como vamos ver adiante é o volume onde quem narra mais parece personagem de ficção — há, ao fim da "Nota prévia", esta afirmação algo categórica: "Esta é

SLE em amárico (Etiópia)

uma história real, e uma autobiografia, embora pareça ficção."

A cada livro, a cada momento do jogo literário, passei a ficar cada vez mais fascinado com a pessoa — ou as pessoas — que estava(m) me contando tudo aquilo, investigando todos aqueles crimes, revelando todos aqueles mitos, defendendo "uma tese" que acredito conter todos os axiomas de uma das mais originais, ousadas e aterrorizantes teorias filosóficas, explicando o fundamento do lugar do humano no mundo, já produzidas em solo brasileiro.

Quem narra muitas vezes parece querer nos fazer acreditar que é Alberto Mussa. Essa é apenas uma das hipóteses, bem humanas todas elas, a serem levadas em consideração. Assim, estaríamos diante de uma espécie certamente perversa de autoficção, que usa várias épocas da história da cidade como coleção de fantasias carnavalescas. Podem ser pistas falsas pós-modernas. Veremos se fazem sentido. Se fizerem, o tal Alberto Mussa que está por trás dos disfarces e máscaras de arlequins e colombinas, além de outras alegorias, seria mais um mistério a ser desvendado.

Afinal de contas, quem pode publicar, com tanta convicção, mesmo camufladas de incertezas convenientes para prender a atenção — ou talvez ganhar a simpatia — de quem lê, tantas declarações desconcertantes, muitas a cada página? Apenas alguns exemplos para dar partida ao "meu" jogo: desde — sendo bairrista — "Arcos da Lapa, obra colossal, o mais profundo e verdadeiro símbolo da cidade, só comparável, em grandeza, à Muralha da China" (BE, p. 32)* até — sendo extremamente genérico — "porque nada é mais estúpido do que a ideia de progresso" (BE, p. 56).

E para seguir adiante, algumas perguntas que tentarei responder no percurso investigativo na busca da identidade de quem narra e inventa esse sistema: em que época histórica escreve? Onde vive ao escrever? Quais são suas fontes históricas e inspirações literárias, filosóficas e religiosas? A mesma pessoa narra todos os livros? Qual a relação que essa(s) pessoa(s) manté(ê)m com Alberto Mussa (cujo nome aparece na capa dos livros)?

Desconfio desde já que não vou ter elementos suficientes para solucionar o mistério identitário apenas com pistas "objetivas". Vou precisar também recorrer a uma análise do pensamento de quem narra, incluindo sua visão "metafísica" sobre as "grandes indagações humanas": o que pensa, primeiro sobre o mundo, o ser humano, a sociedade, a natureza e a cultura, e depois percebendo como essas questões mais abstratas se refletem em suas concepções mais concretas sobre o trabalho literário, a cidade do Rio de Janeiro e, especificamente, a produção desse Compêndio Mítico.

---

* Para facilitar as citações, e não atravancar o texto com muitas notas longas, vou utilizar as seguintes abreviações dos títulos dos livros, listados aqui na ordem dos séculos nos quais acontecem seus crimes: PHM (A primeira história do mundo); TRJ (O trono da rainha Jinga); BE (A biblioteca elementar); HH (A hipótese humana); SLE (O senhor do lado esquerdo) — acompanhados pelo número das páginas.

Criei algumas regras para o jogo investigativo que proponho aqui. Não vou consultar a fortuna crítica já disponível em torno do Compêndio Mítico. Tampouco vou reler entrevistas com Alberto Mussa, nem vou aproveitar nossa amizade para entrevistá-lo. Isso seria "roubar" no meu próprio jogo, que perderia sua graça. Todas as pistas a serem seguidas na minha investigação precisam ser conteúdos dos próprios livros.

# ONDE, QUANDO, COMO, QUEM

O Compêndio Mítico não foi publicado na ordem cronológica dos crimes cometidos, um século após o outro. O primeiro volume (TRJ) relata ataques de violência extrema que aterrorizaram o Rio de Janeiro em 1626. Depois, na sequência editorial, pulamos para 1913 (SLE), voltamos para 1567 (PHM), seguimos para 1854 (HH) e finalmente aportamos em 1733 (BE). Quem leu todos os livros, como eu, nas semanas de seus lançamentos, já foi forçado a uma viagem aparentemente bem aleatória, um zigue-zague vertiginoso pela temporalidade criminal carioca.

TRJ, publicação de 1999, é o menos "típico" dos movimentos desse jogo/sistema. Não investiga, como nos outros quatro livros, um único crime acontecido numa sexta-feira 13, por exemplo. Quase todos os capítulos são narrados por pessoas diferentes, que viveram na mesma época em que os crimes aconteceram. Apenas os trechos onde conhecemos as aventuras de Mendo Antunes fora do Rio, sobretudo em Angola, quando teve contato próximo com a rainha Jinga, é que a narração assume um ponto de vista indefinido, mas sem a voz (ou vozes) e as artimanhas de quem narra os outros crimes desta pentalogia.

Algo dessa voz (ou vozes) surge na "Nota prévia". Porém, quem escreveu essas novidades não fala ainda de um Compêndio Mítico, provavelmente por se incluir em um grupo assim descrito: "Aqueles que, como eu, não levam literatura a sério." Essa é a primeira vez que insinua sua preferência por "fatos reais" e não por "ficção" — numa estratégia a partir de então constante para convencer quem lê sobre a "verdade", objetiva e histórica, daquilo que narra, mesmo "miticamente". Ou ainda quando confessa que a interpretação que fez para um mito "fundamental para o romance" (e utilizar a palavra "romance" pode ser outra pegadinha no jogo que ali se inicia) foi "tendenciosa, arbitrária e pessoal".

Ainda nesses curtos textos intrometidos na segunda edição de TRJ, tem início igualmente uma conversa intensa com tipos diferentes de pessoas que leem cada "romance", muitas vezes antes de suas publicações (incluindo quem participa de suas revisões), ou entre publicações, da crítica ou de gente que tem acesso a quem narra e pode, com suas opiniões/sugestões/reclamações, até interferir nos rumos de suas criações.

Em sua "Nota prévia", por exemplo, encontramos a seguinte revelação: "recebi inúmeras queixas, de leitores que desejavam uma obra de fôlego", e não "um livro de pequena extensão". Descreve tudo como uma disputa "entre mim, autor onisciente, e eles, especialistas em policiais". (Obviamente uma pista importante para nossa investigação é a autoidentificação como "autor onisciente", no masculino.)

Em 2011, SLE é lançado com uma introdução de quem narra, separada do resto da narrativa pela página contendo imagens das plantas da casa onde acontece o crime, e no final surge *Agradecimentos* em itálico, criando confusão — imagino que proposital — com o Alberto Mussa que assina a capa do livro. Na introdução, somos apresentados pela primeira vez ao núcleo duro da "tese" que é o fio con-

SLE em búlgaro

dutor da pentalogia. Seu primeiro parágrafo entrega (quase) tudo: "Não é a geografia, não é a arquitetura, não são os heróis nem as batalhas, muito menos a crônica de costumes ou as imagens criadas pela fantasia dos poetas: o que define uma cidade é a história de seus crimes." Note bem o distanciamento estratégico com relação à fantasia/poesia.

Contudo, não encontramos ainda indicação de que o livro que temos nas mãos é parte de um Compêndio Mítico, nem que esteja relacionado com TRJ. Quem narra lança a pista de que participou de um "Congresso Permanente, mantido pela Unesco, sobre Teoria e Arte da Narrativa Policial, que tem sede em Londres e apoio financeiro da Scotland Yard". Foi demitido, por não se adequar ao "burocrático" de "nativos" (de Londres) "ponderados, comedidos, pontuais" que "não conseguiam conceber as noções de acaso ou de desordem", nem "reagiam muito bem a emoções espontâneas" (SLE, p. 6). Esse acontecimento, que diferenciaria a biografia de quem narra daquela de Alberto Mussa, não é comentado nos outros livros. Pista falsa? Mas por que está ali, toda resplandecente, no último século da história criminal carioca? E por que vem acompanhada, no momento final de SLE, da revelação do sobrenome Baeta para quem narra, também sobrenome de Alberto Mussa?

O conceito de Compêndio Mítico faz sua estreia no primeiro parágrafo da "Nota prévia" de PHM, denunciado como "projeto absurdo concebido em 1999" (ano de lançamento de TRJ). Cita TRJ, SLE e anuncia outras duas "novelas" que serão lançadas no futuro, "uma para cada século da história carioca" (PHM, p. 7).

Outra novidade de PHM: quem narra assume, sem muita cerimônia (apenas declara, sem mais delongas, com tom burocrático evitado em SLE), o controle da investigação:

> Embora não seja propriamente um defeito, cumpre advertir que não pude contar com a figura canônica do investigador, com o tradicional "detetive" (como se tem dito em mau português). Tal função — indispensável, consoante as convenções do gênero — terá de ser exercida diretamente por mim. (PHM, p. 7)

Mim quem? Não sabemos. Só podemos dizer que é um mim soberano.

Em TRJ, a investigação foi tarefa coletiva, praticamente de toda a cidade, do espírito da cidade. Em SLE, acompanhamos o trabalho do outro Baeta, um Baeta paralelo, um "perito". Agora em PHM, e também depois em HH e BE, temos que lidar com uma narrativa bem mais misteriosa, e que aumenta também o mistério dos livros lançados anteriormente (que, lembramos, podem ser lidos em qualquer ordem). Algo como um colapso da função de onda literária, com efeitos para o passado e o futuro, inclusive o passado e o futuro do Rio de Janeiro e do mundo.

Mesmo assim, precisamos seguir em frente na investigação desse mistério: quem narra? Quem inventou esse jogo-armadilha, essa brincadeira algo (ou muito) sinistra, para nos distrair e assustar? O que quer de nós?

Começando pelas questões mais banais: de onde e em que tempo fala? Poderia falar de qualquer cidade ou lugar do planeta. Poderia falar de qualquer momento da história, já que percorre séculos e séculos. Mas quem narra deixa todas as pistas

SLE em catalão

para facilitar as respostas, mesmo incentivando a desconfiança de que são respostas fáceis demais.

Quem narra vive no Rio de Janeiro. Aqui é o centro do seu mundo. Só enxerga o que acontece em terras cariocas, o resto não lhe interessa. Chega a declarar, um tanto raivosamente: "Não sei o que se dá em Minas, porque meu romance é sobre o Rio de Janeiro" (BE, p. 44). Ou mais enfaticamente: "não me pronuncio sobre fatos transatlânticos" (BE, p. 147). Em muitos momentos parece acreditar que todo seu público leitor tem sua mesma familiaridade com os vários recantos da cidade. Por exemplo: quando fala da "Cova de Macacu, na serra da Grota Funda", "nos confins de Vargem Pequena", quem narra deixa escapar: "Eu mesmo estive lá, quando morei no Recreio, batendo aquelas matas" (SLE, p. 75) e procurando o tesouro de Manuel Henriques. O que me chamou mais a atenção nessa informação: fala de "Recreio", a maneira com a qual quem é carioca costuma se referir ao bairro que gente de fora conhece melhor como Recreio dos Bandeirantes.

Quem narra nasceu no Rio ("foi no hospital dessa ordem [Ordem Terceira], na Muda da Tijuca, que vim à luz" — BE, p. 165) e pretende ser enterrado na mesma cidade: "se é dado ao homem um último desejo, que meu corpo permaneça e se dissolva neste solo fabuloso — que é o de todos os oxóssis, dos caboclos da mata e de São Sebastião" (SLE, p. 299). Nos agradecimentos de SLE, chega a ser mais preciso: "pretendo me enterrar" no "fascinante cemitério dos Ingleses" (SLE, p. 301).

E quando, em que época histórica, escreve? Quem narra também viaja no tempo? Ao que tudo indica, excetuando o caso menos típico de TRJ em sua primeira edição (que, como já vimos, ganha outros sentidos, mais compatíveis com o resto do Compêndio Mítico, com a "Nota prévia"), mora no Rio de Janeiro na virada do século XX para o XXI, até contando com a cumplicidade de quem lê na época de sua publicação.

Podemos comprovar essa "atualidade", ou "contemporaneidade", em referências, espalhadas em todos os livros, a lugares da cidade de "hoje". Em PHM, para localizar uma fortaleza francesa do século XVI, quem narra explica que a ilha de Serigipe está "hoje integrada ao continente, como parte do aeroporto Santos Dumont" (PHM, p. 103). Em SLE, o crime acontece na Casa das Trocas, um "fabuloso palacete" que foi residência da marquesa de Santos, propriedade do barão de Mauá e ainda "sede do Ministério da Saúde e Museu do Quarto Centenário, abrigando, hoje, o Museu do Primeiro Reinado" (SLE, p. 9). Quem narra, ou a(s) pessoa(s) criada(s) para narrar, usa esse "hoje", pressupondo conhecimentos e pontos de vista compartilhados com quem lê, como fundamento para suas investigações e sua proposta de jogo: "imaginemos a cidade primitiva (...) como se aqueles fatos seculares estivessem se desenrolando hoje, agora, sob nossos céticos olhares" (PHM, p. 8).

Quem narra gosta de citar outros livros, artigos científicos e teorias históricas/antropológicas recentes (algumas inéditas, comprovando suas conexões com muita gente que conduz todo tipo de pesquisas no Rio de Janeiro), o que também denuncia sua "contemporaneidade". Uma pequena e incompleta lista de pessoas citadas (também em epígrafes e agradecimentos) revela igualmente a diversidade radical de interesses, incluindo temáticas não cariocas: Lima Barreto, Lévi-Strauss, Agatha Christie, José do Patrocínio, Eduardo Viveiros de Castro, Gonçalves Dias, Kurt Gödel, Isidoro de Sevilha, Joaquim Manoel de Macedo e até um samba de 1983 de Beto da Cuíca.

Isso tudo além da intrincada trama de citações entre os vários volumes (ou romances, ou novelas...) do próprio Compêndio Mítico, um livro se apoiando em todos os outros. Desde um sutil "Já mencionei em outro livro, o [rio] Carioca original" (BE, p. 31, se referindo ao mesmo rio do Rio de Janeiro em cujo delta acontece o crime de PHM) até a chave para a interpretação (seus temas "inquietantes") de cada um dos cinco livros, assumindo assim ("Elegi") a autoria de todos eles. O que entra em flagrante contradição com certa passagem de SLE, quando quem narra (estou gostando cada vez mais da repetição desse "quem narra" gerador de confusões sintáticas) interrompe a narrativa para lembrar "um outro crime antecedente, constante de uma novela carioca denominada *O trono da rainha Jinga*" (SLE, p. 141), tomando distância dessa obra, como se não fosse sua ("quando li essa história"

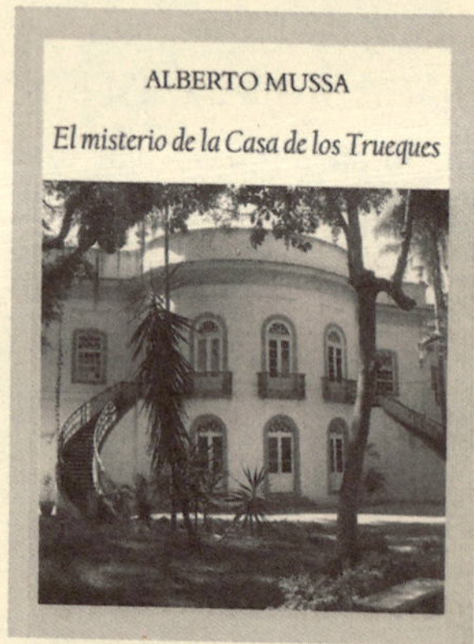

SLE em espanhol

— SLE, p. 143) nem tivesse acesso fácil a suas páginas (ao falar de uma personagem, diz que "agora não me lembro se era congo ou angola" — SLE, p. 142). Porém, como vou continuar insistindo, quem narra tem toda pinta de ter como mestre aquele Baudelaire que queria incluir o "direito de se contradizer" na Declaração dos Direitos do Homem e do Cidadão herdada da Revolução Francesa. E tem prazer especial, certamente com tons de sadismo, em confundir quem lê.

Como já citei, quem narra chega a afirmar que um dos livros do Compêndio Mítico é também uma "autobiografia". Em outro momento, radicaliza essa ideia, quando diz, na "Nota final" de PHM, que seu livro é a "culminância de uma saga pessoal" e "uma imersão na mais antiga das minhas origens" — em seguida presta agradecimentos até para sua trisavó, que deve ter o nome da trisavó de Alberto Mussa. Em HH, uma informante decisiva para a "lenda familiar" na qual está baseado o romance foi "cozinheira da minha avó", filha de personagens importantes para a investigação do crime, e "morreu com mais de cem anos, em 1976, numa vila de casas da Rua Uruguai, na Tijuca" (HH, p. 83).

O Compêndio Mítico chega a citar obras de Alberto Mussa que foram publicadas fora da pentalogia. Em BE, o capítulo 13 começa assim: "Defendi, em 2006, num livrinho chamado *O movimento pendular* (...)" (BE, p. 133). Ou antes: "Escrevi certa vez um ensaio, 'Virilidade feminina e poesia árabe' (...)" (BE, p. 55). Em PHM encontramos a narração de um mito do fogo roubado que anuncia outra tese, que só seria publicada anos depois em *A origem da espécie*, livro classificado por Alberto Mussa como ensaio, não literatura. Novamente pistas falsas? E se forem verdadeiras? Ou: e se quem narra um livro não for a mesma pessoa que narra o outro e estamos diante de uma malta narrativa, de várias pessoas que se especializaram em desviar nossa atenção daquilo que mais importa, como se quem lê e quem narra estivessem jogando, lutando, brincando numa roda de capoeira?

SLE em francês

Não adianta interrogar essa(s) pessoa(s) muito esperta(s), ou muito sonsa(s), que narra(m). Que se delicia(m) em fingir, ou confessar, sua ignorância. Faz(em) questão de repetir, várias vezes em todos os livros, que não sabe(m) tudo: "presumo eu" (PHM, p. 21), "Nem eu mesmo sei dizer" (BE, p. 57), "Embora eu mesmo tenha escrito o livro, não sei tudo" (HH, p. 89), "Nem eu — que escrevo o livro — sei explicar" (SLE, p. 215). Acredito que apenas em uma passagem encontramos a certeza: "porque eu sei, exatamente, o que sucedeu" (SLE, p. 284). Mas de certa forma resume as contradições anteriores: "Minha dificuldade (como autor) é escolher" (SLE, p. 225).

Repito a pergunta, pois sei que não há nenhuma exatidão no que escrevi até agora: está dizendo a verdade? Ou está zoando quem lê? Perguntas cruciais, fundadoras, que só podem ser respondidas decifrando a filosofia de quem narra, o que vou tentar fazer a seguir.

# O PÊNDULO QUE MOVE O MUNDO (E TODO O RESTO) SEGUNDO QUEM NARRA

Vamos supor que quem narra o Compêndio Mítico seja uma pessoa, uma única pessoa. Tenho certeza: eu ficaria apavorado ao me encontrar com ela por acaso, vindo em minha direção numa rua no Rio de Janeiro. Eu mudaria de calçada de pedra portuguesa. É extremamente arriscada qualquer proximidade com alguém que não demonstra nenhum constrangimento, ou receio, ao publicar declarações contra qualquer sentimento de fofura, como quando considera repugnante "a necessidade de enterrar o cadáver — quando mais natural seria comê-lo ou expô-lo aos urubus" (BE, p. 104). Ou quando lamenta não ter tido "a oportunidade de matar seres humanos" (BE, p. 181). É fácil perceber que é parente de outro narrador famoso da literatura brasileira, aquele Macuncozo de "Meu tio o Iauaretê", de Guimarães Rosa. Ou mais precisamente: parente de onça. (E isso, no final das contas, é apenas a realização de desejo contido no título de outro livro — uma "restauração" mitológica — de Alberto Mussa: *Meu destino é ser onça*.)

Macuncozo já tinha nos ensinado que onça só pensa uma coisa, "sem esbarrar": é que está tudo bom, tudo bonito. O Compêndio Mítico desenvolve essas ideias felinas em tradução para o demasiadamente humano. Nada fica assim tão simples, belo e bondoso. E o resultado é bem mais cruel.

Na visão de mundo de quem narra, a realidade tem um princípio básico: vingança, que "é talvez o sentimento mais antigo do homem pré-histórico, talvez seja o nosso direito mais legítimo e inalienável" (SLE, p. 126). Não apenas a realidade humana: "E até Javé foi tomado por esse impulso, no episódio que culminou com a povoação da Terra" (SLE, p. 126). Mas especialmente na realidade humana: "*homens de verdade não se importam com justiça; apenas com vingança*" (HH, p. 40, grifo no original).

A vingança está relacionada — de maneira não óbvia — com a maldade, com a crença na "ubiquidade do mal" (BE, p. 137). É uma relação de refinamento e potencialização, praticada, por exemplo, pelos grupos heréticos de TRJ, para os quais "fazer sofrer é mais importante que matar ou roubar" (TRJ, p. 81) ou "Não basta matar. É preciso provocar dor" (TRJ, p. 38). Na pregação dessa heresia angolana-carioca, o mal é finito, "não se perde; não se cria. Apenas muda de lugar" (TRJ, p. 37). E assim se fundamenta — o que não é exatamente um paradoxo — a sua noção de justiça. Quem narra o Compêndio Mítico retoma essa tese em SLE: "quanto mais dor física fosse sentida por um grupo de indivíduos, menos dor, consequentemente, as demais pessoas sofreriam" (SLE, p. 142). Muito mal praticado ali, com requintes de feroz crueldade, significa menos mal acolá. Todavia, não há descanso: "a maledicência, a maldade, é a regra — nunca a exceção" (BE, p. 88). E as mentes humanas "têm como primeiro impulso, naturalmente, o mal" (SLE, p. 251). Repare bem no "naturalmente" — não é somente uma questão de cultura.

No entanto, como já disse, quem narra adora confundir quem lê com enigmas contraditórios, até fazendo o Mal (agora com M maiúsculo) virar exceção para expor sua teoria da literatura e da história literária desde o Egito faraônico: "não pode haver literatura, no sentido mais essencial do termo, se se prescindir do Mal. Porque o Mal é a exceção; o Mal é o Outro — elemento contrastivo necessário que cria em nós a noção de humanidade" (HH, p. 70). O que é novamente uma maneira bem da pá virada de se vislumbrar a possibilidade de justiça.

Ou não... Quase sempre: ou não. A palavra humanidade significa coisas diferentes dependendo da página em que aparece no Compêndio Mítico. Geralmente não traz consolo nenhum, pois "não há grandeza na escala humana" (BE, p. 184). Pior ainda: a humanidade é uma "lama negra", feita de "madeira podre" (BE, p. 176). Essa é a principal razão para a ideia de progresso ser considerada uma estupidez. A história da humanidade só pode constituir um processo — "natural, biológico" — de degeneração, que inclusive "se tornou mais rápido com o advento das civilizações" (BE, p. 56). Vivemos então (e aqui também fala o doutor Zmuda, personagem de SLE que se assemelha, em ideologia, com quem narra) em permanentes "movimentos de queda" (SLE, p. 232, 245 e 247), sob o ataque constante de uma "nostalgia da barbárie" (SLE, p. 204, 230 e 231), ensaiando o "retorno à selvageria" (SLE, p. 232), em movimentos furiosos que precisam ser pensados como "busca pela antinatureza" (SLE, p. 245) — sem recursos para separar natureza de civilização e cultura...

SLE em inglês (EUA)

Esses movimentos são mais bem analisados como fenômenos avassaladores naturais, bem concretos, como crises climáticas, choques de placas tectônicas e quedas de asteroides. Ensinamento da rainha Jinga para Mendo Antunes: "O mal é como a pedra ou qualquer outra coisa" (TRJ, p. 37). As pessoas são como essas "coisas", ou devem assim ser tratadas se quisermos entender o funcionamento da máquina do mundo. Por isso o Compêndio Mítico detesta literatura psicológica e considera uma "fantasia" examinar "o pensamento, as emoções, o subconsciente de suas personagens" (PHM, p. 207). Na "vida", as pessoas são como joguetes — pedras, coisas — de forças naturais bem mais poderosas.

Ficamos até sem aquela certa nobreza da proibição do incesto como ponto de partida para a vida social: na visão de quem narra o Compêndio Mítico, a sociedade "deriva diretamente do desenvolvimento da noção de adultério" (BE, p. 133). Seguindo esse raciocínio, torna-se possível afirmar — com perversa sutileza — que não é o proibido que atrai a humanidade, é a ilicitude ("toda ilicitude atrai" — PHM, p. 124). Em qualquer área: "não há nenhum sentido, nenhum significado metafísico num jogo sancionado, num jogo legal" (BE, p. 145). Daí a superioridade da guerra: "nenhum artista, nenhum filósofo grego alcançou a perfeição estética e intelectual dos generais romanos no campo de batalha" (PHM, p. 106).

O Compêndio Mítico pode ser lido até como um tratado contra o "conto do milagre grego, de que tinha sido mesmo o povo mais inteligente da história" (SLE, p. 245). Quem narra deixa escapar várias vezes que tem outro povo preferido, e não é o romano guerreiro. Na "Nota final" de PHM, revela que criar seus mitos é "a maneira que me resta de afirmar, e de exercer, minha tupinitude" (PHM, p. 246). O que faz todo o sentido, se lembrarmos que o tupi era o povo que tinha como destino "ser onça" e que elaborou a mais radical filosofia da vingança, praticada com máxima crueldade, para a qual "o indivíduo só se torna pleno se tiver um inimigo" (SLE, p. 135).

Como escreveu o padre António Vieira, em sua *História do futuro*: "não pode haver gente mais terrível entre todas as que têm figura humana, que aquela (quais são os Brasis)". Detalha: "é estilo e nobreza entre eles não poderem tomar nome senão depois de quebrarem a cabeça a algum inimigo, ainda que seja a alguma caveira desenterrada com outras cerimônias cruéis, bárbaras e verdadeiramente terríveis".*

Essas palavras podem ser lidas como resumos de cenas do Compêndio Mítico, em um futuro que nem padre António Vieira conseguiu profetizar, mas onde o terrível guerreiro tupi atua como a encarnação, com seu eterno retorno, de um super--homem de Nietzsche: "esses índios tinham desenvolvido uma filosofia da contradição e de celebração absoluta da vida, cuja expressão máxima era o rito canibal — quando o inimigo se tornava redentor"; e, de certa forma, arremata: "Os tupis eram compulsoriamente felizes" (SLE, p. 115) — o que cria inúmeras vantagens em termos de esperteza. Como vaticina Tito, personagem de HU: "Um homem triste não pode ser inteligente" (HH, p. 142).

Claro: para provar tantas teses tão contraditórias e terríveis, quem narra o Compêndio Mítico precisa de um laboratório. E não poderia haver laboratório mais adequado a seus objetivos do que o Rio de Janeiro. Talvez não tenha alternativa. Murilo Mendes, que era muito de Juiz de Fora (como comprova seu *A idade do serrote*), certa vez perguntou: "Mas hoje alguém é apenas do lugar onde nasceu?" Quem narra esta pentalogia carioca é apenas do Rio de Janeiro, mais de lugar nenhum.

---

* VIEIRA, António. *História do futuro*. Lisboa: Imprensa Nacional/Casa da Moeda, 1992. p. 217.

# O RIO DE JANEIRO SEGUNDO QUEM NARRA

Rilke declarou: "Em mim, tenho medo somente daquelas contradições com tendência à conciliação."* Ficaria então todo o tempo em pânico se morasse no Rio de Janeiro, ou pelo menos no Rio de Janeiro do Compêndio Mítico, cidade que cultiva o contraditório com "assimetrias e antagonismos", com uma trama de relações "simultaneamente legal e ilegítima", que gera "uma ambiguidade tipicamente carioca" (SLE, p. 116), pois sempre "tendente à acomodação" (BE, p. 95) e com "maleabilidade própria" (BE, p. 23), onde "tudo se abranda" (HH, p. 22).

Nesta pentalogia, talvez a atividade mais típica da cidade, além do "contrabando marítimo" (BE, p. 56), seja uma roda de pernada — "que não aceita existir se não for proibida" (SLE, p. 128). Ou uma "capoeira abstrata, que se confunde com o próprio conceito de Rio de Janeiro" (SLE, p. 131), pois "extinguir a capoeira era destruir a própria cidade" (SLE, p. 136). A criminalidade carioca é "essencialmente endógena" (HH, p. 24) — herdeira da exigência tupi de inimizade para plenitude individual (SLE, p. 135) — e, em determinado momento, o narrador diz que as cadeias eram lotadas de "gente que se divertia" (HH, p. 25), num outro, menciona bandos que "andam matando por qualquer meia pataca" (BE, p. 20).

A cidade tem então um "horizonte equívoco" (BE, p. 17), uma "noite cúmplice" (HH, p. 69) e um cotidiano urbano explosivo, incurável. Desde "sempre": mesmo o visitador da Inquisição "desistiu de vir ao Rio de Janeiro, em 1591" temendo mandar "queimar a cidade inteira" diante da quantidade de "fornicações

* RILKE, Rainer Maria. *A melodia das coisas*. São Paulo: Estação Liberdade, 2011. p. 9.

e comborçarias" (SLE, p. 117). Em outro livro, um frade afirma que essa cidade "é qualquer coisa como uma nova Sodoma" (TRJ, p. 91). O Rio tem "vocação adúltera" (BE, p. 135) — seria até "inconcebível" sem "o crime de adultério" (HH, p. 72).

SLE em italiano

E assim por diante, queda abaixo, mesmo com todas as acomodações e os abrandamentos. Território portanto predisposto, ainda mais sendo ambiente portuário que admite "mais naturalmente a ubiquidade do mal" (BE, p. 137), a "crimes sofisticadíssimos" (SLE, p. 125), paraíso portanto para quem tem a pretensão de escrever uma pentalogia que embaralhe as regras e fórmulas do romance policial.

Como a cidade ficou assim? O que há de especial no diagnóstico feng shui de sua geografia que torna inevitável o fato de esse centro urbano ser mais que terrível? Espalhado nos cinco livros do Compêndio Mítico, encontramos o relato de uma história que explica essas características especiais, digamos assim, do Rio de Janeiro (sob meu incentivo, Regina Casé já tentou resumir essa história paralela na versão carioca de seu *Recital da onça*).

O início é a chegada, oito mil anos atrás, dos povos dos sambaquis na região que hoje é chamada de Baía de Guanabara. Depois houve a invasão dos povos tupis, com sua violência endógena, provocando divisões de suas aldeias só para continuar em guerra. Usaram mesmo alianças com povos europeus rivais, como portugueses e franceses, para alimentar seus conflitos internos. Em SLE, aprendemos uma lição diferente daquela que consta nos currículos escolares: "O Rio de Janeiro, assim, surgiu de um cemitério profanado" (SLE, p. 55), quando tamoios desenterraram mortos para rachar seus crânios e ganhar nomes (prática comum entre os "Brasis", como indica padre António Vieira em citação anterior), sem os quais não podiam procriar.

Muito dessa disposição para a crueldade, e para a alegria, se tornou tradição carioca. Inclusive com a existência, nos arredores, de tribos de amazonas — tradição de guerra feminina que teve continuidade nos séculos seguintes. Quem narra o Compêndio Mítico chega a chamar o Rio de Janeiro de "cidade de mulheres infratoras" (BE, p. 85).

A cidade propriamente dita foi fundada duas vezes, a primeira perto do Morro da Urca e a segunda no Morro do Castelo. O túmulo do seu fundador foi violado duas vezes. E seus dois sítios de fundação foram destruídos no início do século XX, com a derrubada do Morro do Castelo e o aterramento que criou o bairro da Urca. Para quem narra o Compêndio Mítico, o prefeito que comandou essa destruição foi "um místico": "ao destruir os sítios de fundação — ratificou a condição atemporal do Rio de Janeiro, cidade que existe desde sempre, não apenas a partir de 1565" (SLE, p. 234). Dessa maneira, a cidade como um todo, levando sua população junto, vira mito e pode — que sina nietzschiana! — reproduzir, "infinitamente, a mesma aventura" (SLE, p. 299).

# MAS, AFINAL, QUEM NARRA TUDO ISSO?

Acumulamos muitas pistas. Continuar a investigação com outras citações seria um aborrecimento, e mais confusão, para quem lê — este texto já está longo demais. Mas já podemos arriscar a revelar a identidade de quem narra, no meio de tantas contradições e dificuldades para separar as pistas falsas das verdadeiras?

Lembro agora da declaração satisfeita de Bill Evans, ao escutar no estúdio o resultado de seu trabalho que foi lançado no disco *Conversations with myself*: "sempre quis ser uma orquestra". Quem lê deve perceber minha estratégia, aonde quero chegar. Seria fácil dizer que quem narra o Compêndio Mítico é uma orquestra, ou uma malta de capoeiristas, ou uma rede de inimizades tupis, de várias pessoas com pontos de vista diferentes. Saída bonita, mas no fundo preguiçosa. É preciso investigar mais, procurar uma verdade mais simples, mais direta. Se existir a verdade.

Há no Compêndio Mítico uma constante reflexão sobre o que é a verdade, e sobre a possibilidade ou utilidade de se descobrir a verdade. Como outra herança tupi, a conclusão do debate é contraditória — ou, mais precisamente, perspectivista. Aqui está condensada sua tese filosófica, ou ontológica, disfarçada de teoria literária sobre o "romance policial":

> A verdade, num romance policial, nunca deve estar nas personagens — mas nas circunstâncias. Um romance policial não pode admitir a ideia tola de justiça; e muito menos ceder à banalidade da noção de prova. Num verdadeiro romance policial, tudo é perspectiva; tudo é incompletude. (BE, p. 153)

Lembro ainda que este livro tem como epígrafe a seguinte citação de teorema de Kurt Gödel: "Qualquer teoria, capaz de provar verdades básicas, só pode demonstrar sua própria consistência se, e somente se, for inconsistente" (BE, p. 15).

Seria algo tranquilo se ficasse por aí. Mas quem narra o Compêndio Mítico não pensa na tranquilidade de quem lê. Quer, sim, provocar pânicos reveladores. Então sua argumentação precisa continuar sinuosa, inquieta. Qualquer solução é "sempre relativa, é sempre transitória" (PHM, p. 233). Todo cuidado é pouco, não vale a pena ser afoito nessas investigações: "a verdade nem sempre é verossímil" (BE, p. 170). Para complicar ainda mais: "todas as versões, mesmo as mentirosas, contribuem para a composição da verdade" (HH, p. 130) e "nem todas as verdades podem ser provadas" (HH, p. 151). Talvez o melhor desfecho seja: "a verdade era, no fundo, irrelevante" (BE, p. 114).

Que fundo é esse? Na verdade, o que importa é o mito. Quem narra quer também aproveitar a oportunidade de criar seus mitos, "ou de recontá-los em versões pessoais" (PHM, p. 246) — lembro que essa é igualmente a maneira de exercer sua "tupinitude". O mito trabalha com "os problemas humanos" que "são essencialmente os mesmos, independentes do tempo e do espaço" (BE, p. 8). Volto a citar Baudelaire,

SLE em romeno

para quem a mitologia é como uma árvore, "que cresce em toda parte, em qualquer clima, sob qualquer sol, espontaneamente e sem mudas".*

Porém, há muito mais: o mito "se passa sempre no intervalo entre o impossível e o improvável" (HH, p. 172) e tem como ferramenta narrativa básica a linguagem. E aqui reside o mistério culminante: "a verdadeira magia é a fala, a linguagem humana" (SLE, p. 220). E talvez a crença mais poderosa: só conhecendo "os subterrâneos dos vocábulos" e o "segredo da palavra" (SLE, p. 220) é que se pode inventar um bem viver alegre e forte.

Como quem narra adquiriu esses conhecimentos? Para mim, o momento central, e mais esotérico, do Compêndio Mítico é quando surge esta confissão no final de PHM: "fui proibido de desvendar esse segredo — pois me foi revelado de forma sobrenatural" (PHM, p. 237). E encerra a "Nota final" desse livro evocando o "Espírito Tutelar que sopra em meus ouvidos" (PHM, p. 247).

Quem narra, então, escreve em transe? Talvez o transe seja o atalho mais curto para se tornar uma orquestra perspectivista. Isso não seria de se espantar, considerando a teoria neurológica formulada em um trecho do Compêndio Mítico: "O transe não constitui uma perda dos sentidos: é precisamente o fenômeno inverso; a conquista de uma plenitude cognitiva, perceptiva e perspectiva, relativamente às várias configurações do mundo" (HH, p. 136-137).

---

* CALASSO, Roberto. *A folie Baudelaire*. Trad. Joana Angélica d'Avilla Melo. São Paulo: Companhia das Letras, 2012. p. 149.

E quem baixa, quem provoca o transe em quem narra? Se houver verdades, imagino (e aprendi que a imaginação é "a forma mais perigosa de experimentar a vida" — SLE, p. 299) que sejam entidades relacionadas com "todos os oxóssis", os "caboclos da mata" e "São Sebastião", representantes sagrados do povo que vive nas ruas, nas florestas, nas praias, nos manguezais e tudo aquilo que forma o "labirinto quântico" (SLE, p. 237) do Rio de Janeiro. E, mais perigosamente: entidades que baixam em aliança com "terríveis feiticeiras inominadas, senhoras noturnas, donas dos espíritos de pássaros, guardiãs dos mistérios do lado esquerdo do mundo, incapazes de discernir o bem do mal. E — agora digo eu — o homem da mulher" (SLE, p. 292).

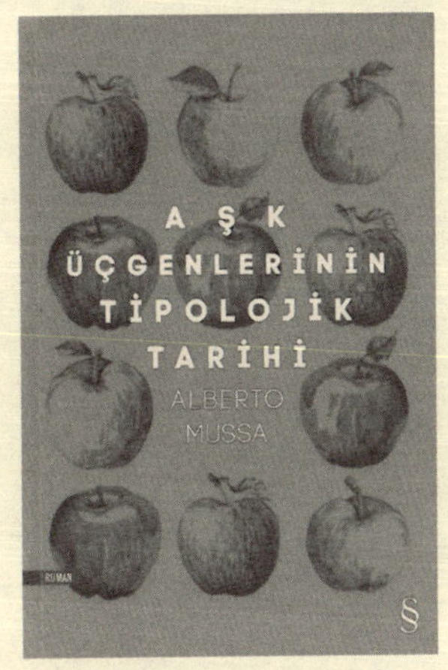

SLE em turco

Eu quem? Tenho que reconhecer: nada está respondido. Resta apenas multiplicar a pergunta: quem escreve este texto aqui, com tantas citações de poetas, em torno dos mistérios do Compêndio Mítico? Quem é esse outro "eu"? Hermano Vianna? Não tenho tanta certeza assim... Quem me sopra todas essas ideias? Estou também em transe, com relances de plenitude cognitiva? Talvez esta investigação, tentando identificar quem narra o Compêndio Mítico, seja conduzida pela mesma pessoa, ou a malta de pessoas/entidades, que "eu" gostaria de identificar. Tudo se transforma inevitavelmente, e descontroladamente, numa metainvestigação que tenta mais uma vez — de forma arriscada — confundir, contradizer, abrandar, bem cariocamente, pontos de vista e narrativas diferentes, divergentes, possivelmente inconciliáveis, fortalecendo e alegrando a vida e o pensamento de quem lê.